LES

ORANAISES

POÉSIES

ORAN

TYPOGRAPHIE ADOLPHE PERRIER

Rue Philippe, 103

1850

LES
ORANAISES

POÉSIES

PAR

Paul Eugène BACHE

employé à la Préfecture d'Oran

ORAN

TYPOGRAPHIE AD. PERRIER

Rue Philippe, 103

1850

La plupart des pièces contenues dans ce recueil ont été couronnées ou distinguées à l'Académie des Jeux Floraux, dans différents concours.

LA MORT DU PAPILLON

ELEGIE

(Mention honorable)

Naître avec le printemps, mourir avec les roses....
DE LAMARTINE.

Vois ce frais papillon bercé dans la lumière :
Crois-tu que, méditant sa future carrière,
Il demande au Seigneur : « — Où sera mon séjour ? — »
Emporté par le vent, comme une rêverie,
Il vit sans redouter la mort et sa furie,
    Il meurt sans regretter le jour.

Sa vie est dans son vol : un jour, c'est une année !
En vain, pour le saisir, la perfide araignée
D'une toile, à grands frais, ourdit les fins réseaux ;
Enfant léger de l'air, affrontant l'embuscade,
Il fuit, revient, s'élève ou retombe en cascade,
    Et s'endort au chant des oiseaux.

Dédaignant du chasseur la ruse et l'artifice,
Il ne voit que les fleurs, ne suit que son caprice;
Le soleil est pour lui son rêve et son miroir.
Il balance, indolent, sur les tiges mouvantes,
Ses antennes de feu, ses ailes transparentes,
      Heureux sans haine et sans espoir.

Eh! que lui fait, à lui, l'avenir et sa gloire!....
N'a-t-il pas des reflets et d'azur et de moire,
Dont l'éclat vaut bien l'or et la pourpre des rois?...
Il pompe la rosée et le nectar des roses,
Sans chercher follement les effets et les causes
      De la nature et de ses lois.

Crois-tu qu'il sache, enfant, si la bonne nature
Destine, après sa mort, sa fragile parure
Et son brillant squelette à l'immortalité?
Il vit.... peu soucieux de la boîte odorante
Où, fixé sous le verre, une épingle savante
      Suspendra son corps argenté.

Lorsque le Temps, jaloux des brises amoureuses,
Ramène dans les cieux les Hyades brumeuses,
De ses derniers baisers il couvre encor les fleurs.....
Il ne s'étonne pas de son destin rapide;
Il ne dit pas : « — Mon Dieu! la coupe est déjà vide! — »
      Il n'a jamais versé des pleurs!....

Sait-il si pour les siens une autre étoile brille ?
Il va, laissant à Dieu le soin de sa famille ;
Il a pourvu pour elle aux besoins du passé ;
Et, sans lui demander, comme une récompense,
Le tribut obligé de la reconnaissance,
    Il meurt par le vent caressé.

Que peut-il désormais désirer sur la terre ?
Il a vécu de fleurs, de parfums, de mystère ;
Il a semé partout ses désirs inconstants,
Il s'est baigné dans l'or de l'aube orientale,
Il a vu du soleil la marche triomphale,
    Il a vu naître le printemps !.....

Pourquoi compterait-il à la mort ses journées ?
Les roses de sa vie à peine sont fanées ;
Nul ne doit le pleurer, nul ne doit le bénir !....
Comme le voyageur il cherche sa patrie....
L'ombrage hospitalier de sa plante chérie
    Lui suffira pour y mourir !....

C'est un songe enchanté qu'un doux réveil achève !. ..
De sa beauté d'hier il se souvient.... il rêve
A sa robe d'émail peinte de vermillon ;
Et se posant, debout, sur ses pattes si frêles,
Au souffle de la brise il agite ses ailes,
    Puis il expire en papillon !

HACHE ET SCEPTRE

SONNET

La hache du bourreau vaut le sceptre du roi.
C'est le frère et la sœur : l'un veut et l'autre achève ;
Tous deux sont entourés de mystère et d'effroi....
Le premier dort au *Louvre*, et l'autre veille en *Grève !*

Verge d'or, coupe-tête, ont un maître : la loi !
Quand le bâton s'abaisse, alors le fer se lève....
Instruments du Seigneur, égaux dans leur emploi,
La vie est suspendue au sceptre comme au glaive....

Il faut pour les porter un bras puissant, adroit,
Qui n'ébrèche en frappant ni le front, ni le droit,
Car chacun pèse au ciel dans la juste balance.

Mais Dieu seul, en brisant le trône et l'échafaud,
L'un tout trempé de sang, l'autre beau de clémence,
Dieu seul pourra vous dire, hommes, s'il vous les faut....

1839.

L'ÉPINGLE

EPITRE FAMILIERE DEDIEE AUX DAMES

(Mention honorable)

De parvis magna.

— ....—

I.

Le dieu qu'on adore à Cythère,
De ses traits, un jour, dans les bois,
Allait poursuivre une bergère,
Quand soudain du divin carquois
Tombe une flèche étincelante....
Le Zéphyr sur ses ailes d'or
Recueille le brillant trésor
Puis à la Mode il le présente.

La déesse assemble sa cour :

Lutins, Farfadets et Sylphides,
Psylles, Follets aux corps fluides,
Diaphanes enfants du Jour;
La Fantaisie et l'Élégance,
La Parure et la Vanité,
Le Goût, le Faste, l'Opulence,
L'Éclat et la Frivolité;
Ces divinités mensongères,
Avec les Grâces, les Chimères,
Qui président à la Beauté,
Toutes accourent!.... — Grande affaire! ..
Faut-il briser l'arme légère,
La garder ou la rendre aux Dieux?...
On discute, l'on délibère....
Le Hasard engage à se taire,
L'Envie à se cacher des cieux;
L'Usage en vain plaide sa cause. ..
La Mode, à la Beauté, propose
D'en faire un éclatant cadeau....
On applaudit.... et la Parure
Voit déjà dans sa chevelure
Briller un ornement nouveau....
Mais la Beauté veut que la Mode,
Pour adopter son nouveau don,
Construise un instrument commode
Du dard ailé de Cupidon,
Qui lui serve et qui la défende....
Hélas! et la flèche est trop grande!...

La Ruse approche, et le Désir
Excitant l'adroite Malice,
Aidé du plus simple artifice,
Promet qu'il va tout aplanir
Et satisfaire le Caprice.

Sur les autels de la Pudeur
On dépose l'arme dorée;
L'Hymen, de sa flamme sacrée,
Fait rougir le métal vainqueur.
Sous l'haleine des Salamandres
Le feu jaillit en bleus reflets;
Bientôt les plumes sont en cendres
Et l'or se tire en longs filets.....
A la parer chacun s'empresse :
Les Sylphides lui font présent
De leur taille et de leur souplesse;
Entre les mains de la Richesse,
Elle revêt coquettement
Une tunique aux plis d'argent.
Jaloux des droits de l'indiscrète,
Mais sensible aux vœux des amours,
En une perle aux doux contours,
Le Plaisir arrondit sa tête;
Tandis que le Désir malin,
De nouveautés toujours avide,
Pour doubler l'attrait du larcin,
L'arme d'une pointe homicide.

Vénus, de l'immortel séjour,
Sourit à la métamorphose;
Son fils lui-même (on le suppose)
Fut charmé d'un si joli tour.
La Mode, frivole, inconstante,
Crut chez nous jeter l'épouvante,
En créant l'Épingle élégante,
Qu'elle offrit au monde, en retour
Du trait qu'avait perdu l'Amour

II.

Fille d'une cour éphémère,
Petit joyau plein de dangers,
Toi qui souvent veux de ta mère
Fixer en vain les goûts légers,
Épingle à la robe argentée,
Quoi de plus pur que ton destin !.....
Ta vie est une onde enchantée
Qui court, mollement emportée
Entre la moire et le satin.....
La nuit, rêveuse, tu reposes
Au milieu des lis et des roses ;
Et, quand paraît le gai matin,
Quand la Beauté, fraîche et vermeille,
Sourit au baiser qui l'éveille,
On te cherche d'un œil jaloux
Parmi les riches bagatelles,
Parmi les flacons, les bijoux,
Parmi la gaze et les dentelles,
Parmi les tendres billets-doux !...

Sans toi la pudique Innocence,
Séduite au souffle de Zéhpyr,
Perdrait son voile, et la Décence
Serait moins piquante au Désir.
Tu protéges taille légère
D'un double et perfide rempart,
Et, si quelque main téméraire
Attente aux charmes du mystère,
Tu la déchires sous ton dard.

Parfois ton blanc éclat se glisse
Sous des plis souples et soyeux ;
Parfois en escadrons nombreux
Tu dresses ton émail moins lisse,
Quand la Beauté, *de ses cheveux*
Bâtit le galant édifice.
Admise aux secrets du boudoir,
Tu concours à rendre complète
L'élégance de la Toilette,
Et tu ravis à la coquette
Son dernier coup d'œil au miroir !....

Défends toujours avec prudence
La Beauté, soumise à tes lois ;
Crains les projets de l'Espérance,
Mais ne laisse pas la Constance
Sur ton dard se piquer les doigts....
Sans pousser aussi loin ton zèle,
Tu peux venger d'un infidèle....
Il faut pardonner quelquefois !....
Prête à la paix, brille et menace,
Comme l'épine au sein des fleurs ;
Sers l'Adresse, et punis l'Audace,
Et, si la Ruse la remplace,
Du Dépit fais couler les pleurs !....
Et puis, pour les vierges craintives
Dont l'âme est chaste et sans détour,
Souviens-toi qu'aussi tu captives
Le bandeau qui cache le jour
Aux yeux de l'indiscret Amour !....

Moins volage et plus fortunée

Que la Mode et ces vains atours
Dont l'éclat brille une journée,
Toi, tu remplis ta destinée,
Comme un astre poursuit son cours.
A quelque emploi qu'on te destine,
Fidèle à ta double origine,
Tu sais toujours plaire et piquer.. .
Mais ton plus heureux privilége
Est de pouvoir, lorsqu'on l'assiége,
Dérober la femme à maint piége,
Sans avoir besoin d'attaquer.
Honneur donc et reconnaissance
Au bijou par l'homme inventé,
Qui fit consacrer sa puissance
En servant d'arme à la Beauté !. ..
Comme un hommage à sa mémoire,
Un jour on dira dans l'histoire :
— L'Épingle manquait à la gloire
De la coquette Antiquité. —

LA PRIÈRE DES PETITS ENFANTS

HYMNE A LA VIERGE

Qui a remporté le prix du genre (un lys en argent)

Sinite parvulos venire ad me.

MARC, c. X, v. 14.

Le rossignol qui chante
D'une voix si touchante
Son cantique éploré;
L'abeille qui bourdonne
Près de la fleur, qui donne
Son miel le plus doré;

Le ruisseau qui murmure
Sur son lit de verduré;
Le tiède vent du soir
Qui gémit et parfume
L'or des genêts, qui fume
Comme un pur encensoir;

14

Toutes ces harmonies
Aux douceurs infinies,
Ce magnifique adieu,
Cette grande prière
Que la nature entière,
Le soir, adresse à Dieu,

Pour vous ont moins de charme !
O Vierge, qu'une larme
De l'enfant qui, tout bas,
Dans sa candeur amère,
Vous dit : « Soyez la mère
« De ceux qui n'en ont pas ! »

Elle vous est plus douce
Que le flot sur la mousse,
Que l'encens du genêt,
Et le vol des abeilles
Effleurant les corbeilles
Du printemps qui renaît.

Souvent l'enfant qui prie,
Ne dit qu'un nom : MARIE !
Mais combien il vous plaît,
Ce nom qui vient d'éclore
Sur des lèvres encore
Toutes blanches de lait !

Chaque soir, l'un des anges
Qui chantent vos louanges.
Vient recueillir, autour
De la terre embrasée,
Cette pure rosée
De prière et d'amour.

Quand le parfum nocturne
Déborde de son urne,
L'ange remonte au ciel,
Avec l'urne qui penche,
Et devant vous l'épanche,
Toute pleine de miel.

Au miel viendrait l'absinthe!....
Heureux donc, Vierge sainte!
Heureux les nouveau-nés
De qui l'âme s'envole
Sous la blanche auréole
Dont leurs fronts sont ornés!....

Pour la mère qui donne
La fleur de sa couronne,
Son ange au paradis,
Oh! quel bonheur d'entendre,
Un jour, ce mot si tendre :
« Femme, voilà ton fils! »

LE BOURREAU

SONNET

Hommes, la loi vous tue !.. Et l'on nous fait un crime,
A nous, bourreau du roi, de vivre au prix du sang,
Comme si le couteau qui frappe la victime
N'était pas le valet d'un maître tout puissant !....

Grands seigneurs, je n'ai pas besoin de votre estime....
Ma hache, c'est mon sceptre ! ... Et qu'un front menaçant
Soit brisé par mon fer.... coupable ou magnanime,
Que m'importe, après tout, s'il monte ou s'il descend !....

Laissez-moi donc couper mes têtes sans envie,
Vous qui lancez la mort du haut de votre vie,
Législateurs du Christ condamnés à punir !....

Vous m'avez fait, malheur !.... car vos enfants, peut-être
Pendus à mon gibet, frémiront de paraître,
Votre code à la main, dans le siècle à venir !....

1839

LE RETOUR

EPITRE FAMILIERE A M. VICTOR B***

(Mention honorable)

Ubi bené, ibi patria.

J. CÉSAR.

Me voilà de retour, et tes vœux sont comblés ;
Mais je quitte à regret un village où les blés,
Les femmes et les fleurs sont plus riants encore
Et plus frais qu'en Afrique. En vain le ciel décore
De son rideau d'azur, toujours gai, toujours clair,
L'Atlas et les toits blancs ; en vain l'eau, l'herbe, l'air,
Les armes, les palmiers, les parfums, les costumes,
M'invitent à l'oubli de nos vieilles coutumes :
Je suis frank d'origine, et mon pays joyeux,
Moins brillant de soleil, mais plus dur, me plaît mieux.

Ah ! si tu revenais, comme moi, de la France,

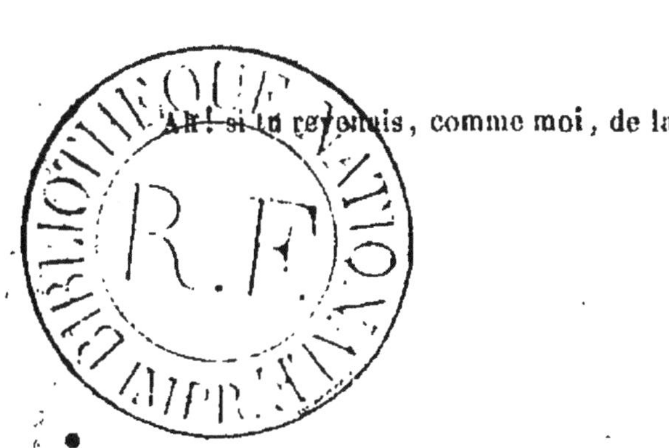

Après des jours de fête et des nuits de souffrance ;
Ah ! si tu rapportais à tes pieds fatigués
La poudre des chemins ou le sable des gués,
Non, cher Victor, tes yeux ne seraient plus à l'aise
De voir autour d'Alger s'étendre une falaise
Stérile et sans ombrage, et tu regretterais,
Fils du nord, ta cabane et tes sombres foréts.
Tu n'aurais nul souci des choses de l'Afrique,
De son climat pesant, ni de son sol de brique,
Ni de ses froids coteaux de neige encor couverts,
Où, faute de gazon, les lézards seuls sont verts,
Si tu m'avais, au lieu de pleurer mon absence,
Suivi sous le beau ciel de la douce Provence.

Là, vois-tu, tout est prés verdoyants. Les moissons
Tombent, deux fois l'année, aux refrains des chansons.
Rien ne manque. On dirait que la bonne nature
A pris soin d'entourer d'une double ceinture
Ce pays embaumé : du soleil et de l'eau.
Là, chaque paysage est un riant tableau
Brodé sur le sol même ; il semble que, pour franges,
Dieu, comme un feston d'or, y sema les oranges.
Tout est feuille et murmure..... et ce vaste jardin
Est, en attendant mieux, à mon sens, un éden.

Et l'on y vit sans peur. Le lard pend aux solives.
Le poisson, tout jauni par le jus des olives,
Sur des tranches de pain dans l'aïoli sauté,
Est offert de bon cœur à l'hospitalité ;
Car ceux de la Provence ont du cœur, quoi qu'on dise,
Et ne font pas d'un hôte un plat de marchandise.
Pour le gibier, rôti sur des lits de marrons

Parfumés de fenouil, l'écorce des citrons,
En rubans découpée, au feu sèche. Un orage
Vient-il troubler soudain les jeux d'un *roméraye*,
La maman, d'une poèle armant ses vieux poignets,
Aux danseurs déconfits fait manger des beignets.
On n'y meurt pas de faim : les longues promenades
Sont pleines d'abricots, de figues, de grenades,
De pêches, de raisins, — fruits plus doux que le miel,
Qui nourrissent en paix l'homme et l'oiseau du ciel.

Or, tout cela vaut bien, je crois, les vents humides
Et l'épais couscousou de messieurs les Numides.
Tu comprends qu'on peut vivre aisément sans palmiers ;
Que, poésie à part, les ailes des ramiers
Ont beaucoup plus de grâce en un plat et bien frites
Avec des champignons, qu'artistement décrites
Par un barde en burnous qui les fait voyager
Sous le titre pompeux de pigeon messager.
Tu comprendras encore, en fait de bonne chère,
« A tous les cœurs bien nés que la patrie est chère. »
Et puis tu conviendras qu'on ne se souvient pas,
Ministre ou citoyen, d'un bal ou d'un repas,
Sans régretter, surtout parmi les *infidèles*,
Les lieux où l'on brûla pour vous quelques chandelles.

Et c'est précisément ce qui fait mon chagrin !
Ici, pas de lumière, et, partant, pas de grain.
On a dit avant moi, dans je ne sais quel livre,
Que l'homme, enfant du ciel, ne mangeait que pour vivre,
Et ne vivait pas.... Mais pourquoi, comme un rhéteur
D'Athène, en invoquant un proverbe menteur,
Subitement changer ma prose en métaphores,

Ma province en royaume, et mes pots en amphores?....
....
....
Donc et très simplement je t'avoùrai l'affaire,
Si la chose est pourtant de ton goût : je préfère
Aux villes d'Orient nos plus humbles hameaux,
Et l'âne de la France au plus fier des chameaux.
Tel est mon sentiment. Si tu voulais connaître
Pourquoi ce grand amour du sol qui m'a vu naître,
Je te dirais d'aller demander aux Chinois
Pourquoi leur nourriture est de riz, non de noix;
Et puis j'ajouterais, complétant ma harangue,
Que je viens de Provence, et que, là, si la langue
N'est pas belle, on y voit, en dépit des hivers,
 Des champs toujours fleuris et des fronts découverts.

Il est surtout un bourg , on devrait dire ville,
Ou tout au moins commune, en prose plus civile,
Que je voudrais pouvoir te peindre.... En arrivant,
On est d'abord saisi par l'air et par le vent;
Mais l'œil, qui s'habitue à l'éclat, suit la trace,
Aisément et bientôt, des détails qu'il embrasse.
Hyère (Olbie autrefois), que domine un château
Bâti par le *bon roi*, grimpe au long d'un coteau
Sans trop d'art et sans ordre, et dérobe aux lorgnettes·
Derrière un mont de rocs ses mille maisonnettes.
Partout ce n'est que mousse, et que mignons sentiers
Courant étourdiment, tout bordés d'églantiers
Ou de chardons fleuris, et des jardins sans nombre,
Pleins de chants et d'oiseaux, pleins de parfums et d'ombre.
Là bas, bien loin, bien loin, au bord de l'horizon,
Les îles et la mer.... Et, quand vient la saison
Des fleurs, où les bergers descendent la montagne;
Il faut voir les agneaux bondir par la campagne!...,.

Ce n'est pas que la ville ait des *antiquités ;*
Mais le site est charmant, et, de tous les côtés
De la France et du nord, on accourt avec joie
Se chauffer au soleil que son climat déploie.
Elle a tout ce qui fait raffoler d'un gros bourg :
Un hospice, un marché, des places, le faubourg ;
Deux églises vers Dieu s'élancent avec grâce,
Une en haut, une en bas ; car l'homme s'embarrasse
Du salut de son âme, erreur ou piété,
Avec bien plus de soin aux champs qu'à la cité.
Un cimetière au loin, qui donnerait envie,
Pour aller y dormir, d'abandonner la vie,
Tant fraîche est sa verdure et tant douces les fleurs !....
Puis la maison commune, avec les trois couleurs,
Attendu qu'il n'est pas si mince bergerie
Qui ne veuille, à présent, son maire et sa mairie.
Un château par ici, mais plus de châtelain.
Par là, près du canal, un leste et gai moulin
Tourne, tic tac, tic tac...., tourne, tourne sans cesse
Au courant d'une eau vive. Un théâtre. Une caisse,
Avec un vieux crieur, pour faire aux habitants
L'annonce des objets perdus, ou du beau temps.
Une école.... En honneur, ce petit coin du monde
Est un séjour que Dieu, dans sa bonté profonde,
Semble, comme un enfant, bercer d'un doux sommeil,
Tant sa vie est tranquille et son aspect vermeil.
Ce n'est pas tout : un jour, en fouillant ses annales,
J'ai trouvé qu'il comptait, non des grandeurs banales,
Mais des preux « qui se sont vaillamment combattus, »
Des hommes vénérés encor pour leurs vertus.....
Or, juge s'il doit être enflé de son mérite
Et fier de la commune où son orgueil s'abrite,
Le laboureur qui peut dire, au bout du sillon :
« Je suis né, moi Pierrot, où naquit Massillon ! »

Ce cadre est-il complet, dis, Victor, que t'en semble,
Et les menus détails nuisent-ils à l'ensemble?.....
Dis-moi, vieil africain, trouves-tu quelque attrait
A ce vert paysage?..... il est peint trait pour trait;
Toutefois ce n'est là qu'une bien froide estampe,
Esquissée au pastel, vue au jour d'une lampe,
Car tes crayons alors manquaient dans mon tiroir,
Et mes vers, après tout, ne sont pas un miroir.
Certes, non que tu sois un Thomas l'incrédule,
Tu prendrais en pitié les murs de ta cellule,
La Mitidja, nos camps, les Arabes, la mer,
Si tu voyais Olbie.... Oh! quel sourire amer
Viendrait avec dédain expirer sur tes lèvres,
Si quelque cicérone, encor tremblant les fièvres,
Te montrait, au retour, en vantant sa fraîcheur,
Alger qui n'a pour elle, hélas! que la blancheur;
Ville impure et bâtarde, espèce de vestale,
Houri dégénérée, — auberge où l'on s'installe
A toute heure et s'ouvrant pour le premier venu, —
Dont la tunique seule est blanche, et le cœur nu!....

Dès lors, tu conviendrais avec moi qu'on s'exile
A regret d'un village où l'on reçut asile;
Aux accords de mon luth tu mêlerais ta voix;
Tircis ou Némorin, tu chanterais les bois.....
Qui sait combien Phébus, au fond de ces prairies,
Te ferait soupirer de tendres rêveries.....
Et peut-être qu'un soir la muse des ruisseaux,
A l'heure où le zéphyr fait parler les roseaux,
Te soufflerait l'idée, en parcourant ces rives,
D'un poème exotique, en dix chants, sur les grives.

Oui, si tu visitais Hyère et ses environs,

Tu voudrais attacher quelques nouveaux fleurons
Aux cercles étoilés dont la muse environne,
Avec ta lyre en main, l'émail de ta couronne.
Volontiers aux Bédouins tu laisserais l'Atlas,
Pour gravir, en poète, armé d'un échalas,
Derrière un paysan qui *camine, camine*,
Le château d'Henri quatre, où pend une chaumine.
A la cime arrivé, haletant, tu prîrais!....
Car, voyant sous tes pieds des fruits d'or, des guérêts,
Sur ton front un ciel pur, au créateur des êtres
Tu dirais : « O mon Dieu ! tant de beautés champêtres
« Sont l'œuvre de vos mains!... » et ton cœur, plein d'accords,
Comme un vase échauffé par le feu, dont les bords
Ont peine à contenir la liqueur écumante,
Esclave en sa prison qui murmure et fermente,
Ton cœur, en s'épurant aux rayons d'un beau jour,
Ton cœur déborderait d'harmonie et d'amour!.....

Inondé de lumière et planant sur l'espace,
Ton œil découvrirait le blanc vaisseau qui passe,
A travers des écueils, sous l'*île du Levant*,
Coquet et pavoisé, jetant sa voile au vent,
Comme un oiseau son aile. A droite, *Porquerole*,
Où l'écho d'un vieux mur rend cinq fois la parole.
A gauche, un terrain plat, par de vastes bassins
Entrecoupé, qui font cent bizarres dessins :
C'est là qu'emprisonnée, ou tranquille, ou rebelle,
La mer vient rendre hommage aux droits de la gabelle;
Le sel entassé brille, et ces blocs de cristal
Ont l'air, au grand soleil, chacun d'un piédestal;
Vus de loin, tous ensemble, on dirait des collines
Que tapisse la neige, et non pas des *Salines*.
A la pointe, et plus haut, c'est le *fort Brigançon*,
Porte-clé du détroit. Des filets à poisson,

Aux pieux noirs accrochés, parmi le jonc sauvage,
D'un réseau menaçant encadrent ce rivage.
Un cercle autour de toi, non de rocs escarpés,
Tels que ceux dont, ici, nos regards sont frappés,
Mais de riants coteaux, et, sur chaque, un village
Assis dans les blés mûrs, la vigne et le feuillage :
La Moutonne, où l'on cuit d'excellents petits pains ;
Plus près *Solliès*, voilé par un rideau de pins ;
Lacró, qui vit de chasse et de fruits ; au fond, *Bormes*,
Découpant sur l'azur du ciel ses bouquets d'ormes ;
Pierrefeu, bourg fleuri taillé dans un rocher,
Où mainte damoiselle et maint vaillant archer,
Au temps des cours d'amour, ont fait briller leurs charmes
Ou leur adresse, aux jeux ou dans les pardons d'armes ;
Vers l'est, un monticule, où croupit un lac noir,
Couronné des débris d'un antique manoir,
Que les bons paysans surnomment *Fenouillette*,
Parce que du fenouil on y fait la cueillette.
Dans les brouillards perdu, vedette à l'abandon,
Sourcilleux, rocailleux, s'élève au loin *Coudon*.
Remonte un peu.... va.... bien !... Vois-tu les *Pêcheries*
Et leurs canots légers rasant les métairies ?....
N'entends-tu pas les chants joyeux des matelots,
Qui retirent, chargés, leurs éperviers des flots ? ..
Dans ce ravin, là bas, c'est la *Grotte des Fées*,
Où des femmes, dit-on, périrent étouffées
Pour avoir.... Mais vraiment je suis fort empêché,
Et mon *guide* avec moi, de dire quel péché
Leur valut cette fin, car voici *l'Ermitage*,
Et bien des gens, ma foi, n'ont pas eu l'avantage,
Comme elles, de pouvoir entrer dans le saint lieu,
Pour se recommander, avant leur mort, à Dieu.
J'ai la conviction qu'elles seraient en vie
Ou du moins dans le ciel, s'il leur eût pris envie
De cueillir, en passant, au jardin du pasteur,
Ou de l'ermite alors, quelques pois de senteur,

Et de s'agenouiller, bien dévotes et douces,
Devant les *Stations de la Vierge des Mousses.*
Voilà *Roubault,* cascade et ruisseau ravissant,
Qui, dans l'herbe perdu, va, fuit, chante et descend,
Rempli de cailloutins qui brillent. La fauvette
Vient rafraîchir son aile au bord de la *Sauvette,*
Et pour son nid, flottant aux branches d'amandier,
Porte en son bec un grain des fruits du grenadier.
Es-tu las de courir?.... *Gapeau,* dont les eaux jaunes
Baignent des citronniers, des mûriers blancs, des aulnes,
Contre les feux du jour t'offre ses verts bosquets,
Où sans cesse on entend mille joyeux caquets
D'oiseaux de toute sorte. Au bas du pont de pierre,
Où rampe, sous son arche, en longs festons, le lierre,
Commence un petit bois, un bois délicieux,
Parsemé de marais qui reflètent les cieux;
Il s'allonge et descend, tourne, monte et s'incline,
Avec tout son feuillage, au pied de la colline,
Puis revient, unissant ses deux extrémités,
Vers les lieux qu'il embrasse et qu'il avait quittés....

Tu le vois, c'est partout une main inconnue,
Qui, semant fleurs et fruits, nous fait la bien-venue!.......
. . . .

LE REMORDS

SONNET

Il en est tant auxquels on a coupé les ailes,
Qui ne demandaient mieux que courir et chanter !...
Aiglons meurtris, souillés par des becs infidèles,
Dont le vol au soleil peut-être allait monter....

L'envie est toujours là !.... Colombes, hirondelles,
Alcyons ou vautours, tout ce qui peut compter
Un cri noble en son cœur, du feu sous ses prunelles,
— L'oiseleur infernal vient donc tout emporter ?

Sur ces jeunes débris d'or, d'azur, de plumage,
Cendre où chaque étincelle est une aile, un ramage,
On voit planer, dans l'ombre, un pâle oiseau des morts...,

Mais quand tout est broyé, chair, os, duvet et fange,
Un autre monstre, à l'œil livide, à forme d'ange,
Sort de l'abîme et dit : — Moi, je suis le Remords ! —

LES ORANGES

BALLADE

(Pièce qui a obtenu une fleur réservée)

Un bienfait n'est jamais perdu.
PROVERBE.

L'aumône est un sentier qui mène,
Qu'on soit sultan, cadi, fellah,
Au paradis la race humaine,
Suivant les préceptes d'Allah.
L'aumône au cœur est une fête;
Mais donnez sans faste et sans bruit.
Toute œuvre, un jour, porte son fruit,
Ainsi que l'a dit le Prophète :

Vous ferez la récolte et l'hiver et l'été,
Si vous semez le grain de l'hospitalité.

Un fellah, comme un solitaire,
(Avant que Blida n'eût subi
L'horreur d'un tremblement de terre)
Vivait, pauvre, dans son gourbi.
Nefissa — des pieds de gazelle,
Deux yeux noirs — enfant du vieillard,
Qu'il fît chaud, froid, vent ou brouillard,
Recevait qui frappait chez elle....

Vous ferez la récolte et l'hiver et l'été,
Si vous semez le grain de l'hospitalité.

Un soir que le vent faisait rage,
Vint un arabe en son chemin
Leur demander contre l'orage
Un abri jusqu'au lendemain.
« Entre!.... Il faut qu'avec nous tu manges.
» Je voudrais bien te secourir,
» Ami.... mais je ne puis t'offrir
» Qu'un peu de lait et des oranges..... »

Vous ferez la récolte et l'hiver et l'été,
Si vous semez le grain de l'hospitalité.

« Merci! » fit l'autre; et, sous la ruche,
A table avec eux il se mit;
Puis, quand il eut vidé la cruche,
Dans son burnous il s'endormit.
Au jour, il partit. A son hôte
Il parla peu; pour Nefissa,
Le seul cadeau qu'il lui laissa,
Ce fut de lui dire à voix haute :

Vous ferez la récolte et l'hiver et l'été,
Si vous semez le grain de l'hospitalité.

L'homme en allé, la fille arrange
Sa hutte... et soudain, se baissant,
Aperçoit une énorme orange
Au coin où dormit le passant.. .
Jamais fruit n'eut peau si vermeille;
Elle en goûte, et pour la douceur
Le trouve égal à sa grosseur....
Le père accourt, croit qu'il sommeille!...

Vous ferez la récolte et l'hiver et l'été,
Si vous semez le grain de l'hospitalité.

Mais bientôt quelle est sa surprise
Lorsqu'il voit pendre aux orangers
Des fruits plus gros, et par la brise
Bercés sous leurs festons légers.
Tout a changé depuis la veille :
L'arbre est plus fort, les fruits meilleurs...
D'où vient cela?... qui put d'ailleurs
Si vite opérer la merveille?....

Vous ferez la récolte et l'hiver et l'été,
Si vous semez le grain de l'hospitalité.

Or, celui qui fit ce miracle,
Bienfait pour un bienfait rendu,
Était un saint homme, un oracle,
Des vieux marabouts descendu.
Gloire à la foi mahométane!
Bientôt après, dans Al-Djezir,
Le fellah fut nommé vizir,
Et sa fille devint sultane!...

Vous ferez la récolte et l'hiver et l'été,
Si vous semez le grain de l'hospitalité.

Quand vous mangerez une orange
Des jardins si frais de Blida,
Rappelez-vous ce fait étrange
Qu'un santon vint, les regarda !...
— L'aumône au cœur est une fête ;
Mais donnez sans faste et sans bruit.
Toute œuvre, un jour, porte son fruit,
Ainsi que l'a dit le Prophète :

Vous ferez la récolte et l'hiver et l'été,
Si vous semez le grain de l'hospitalité.

UN BERCEAU

ELEGIE

(Mention honorable)

Beau, frais, souriant d'aise à cette vie amère.
SAINTE-BEUVE.

Oh ! le bel églantier tout chargé d'hirondelles,
Plein de fleurs et d'oiseaux, plein de feuilles et d'ailes !
Ses chants et ses parfums montent ensemble à Dieu :
La ramure en est fraîche et l'ombre reposée,
Et dans chaque calice, où perle la rosée,
Les rayons du soleil semblent éclore en feu.

Eh bien ! si quelque brise en passant le respire,
Toute son harmonie, ainsi qu'une âme, expire ;
Oiseaux et fleurs alors s'envolent par les champs....
Et son baume à longs flots s'épand dans la campagne ;
Et le brun muffoli qui dort sur la montagne
S'éveille à ses parfums et bondit à ses chants.

Ainsi, pauvre berceau, rempli d'une jeune âme,
Plein de rêves d'amour, de caresses de femme,
Au souffle de la vie, oh! non; ne t'ouvre pas!
Vois, chaque brise, enfant, t'effeuille et puis s'envole;
L'une prend tes baisers, l'autre ton auréole;
Toutes ont balayé les fleurs devant tes pas!

O mère, n'ouvre pas le berceau de ta fille!
Ne chasse pas la nuit où son étoile brille;
Laisse-lui son sommeil, ses songes déployés....
Autour de son chevet laisse l'ombre profonde;
Ne lui dis pas qu'il est un soleil, dans ce monde,
Qui se lève à sa tête et se couche à ses pieds....

Tous deux, berceau d'enfant et berceau de verdure,
L'un de l'humanité, l'autre de la nature,
Le vent passe et les vide, et tout est dépouillé....
— Ainsi, Seigneur, ainsi ces étoiles errantes
Ne sont peut-être au ciel que les fleurs odorantes
De quelque arbre inconnu par les vents effeuillé....

Qui t'a donc enseigné le chemin de la vie,
Jeune fille, quel est l'ange qui t'a ravie?
Qui porte devant toi l'encens et le flambeau?
Dans le sein d'une mère as-tu voulu descendre,
Pour voir cet univers plein de flamme et de cendre,
Qui, le jour, est un temple, et, la nuit, un tombeau?..

N'est-ce pas, bel enfant, que tu pourrais nous dire
Les choses qui nous font et prier et maudire ?
Mais Dieu pose son doigt sur ta bouche de miel....
Oui, toi seul tu pourrais révéler son mystère,
Car, pendant que ta vie est donnée à la terre,
Bel enfant, ta pensée est encor dans le ciel !

Oh ! tu pourrais nous dire où vont nos pauvres âmes,
Qui souffrent tant ici, qui passent par les flammes,
Et jamais en passant ne peuvent s'embraser.....
Mais sur ta lèvre, enfant, ta lèvre encor si tendre,
Sans doute afin qu'on pût l'aimer sans le comprendre,
Dieu cueillit la parole et laissa le baiser !

C'est une âme de plus, Seigneur, dans notre terre,
C'est une âme de moins dans un autre hémisphère,
Car vous pesez le globe en vos mains, Dieu prudent ;
Et lorsqu'à l'orient, comme un soleil sur l'onde,
La tête d'un enfant se lève toute blonde,
C'est celle d'un vieillard qui tombe à l'occident....

O mère ! viens pleurer sur ce front pur et blême....
Les larmes d'une mère aussi sont un baptême...
— Que la vie ici bas te soit légère, enfant !
Plus légère que l'air sur le sein qui respire,
Plus que le souvenir sur l'âme qui soupire,
Que la feuille sur l'onde et l'oiseau sur le vent !

LA PLUME

SONNET

Toi dont la vie errante est de charmes remplie,
Plume, faisceau léger d'un duvet blanc et pur,
Dont le tube flexible au moindre vent se plie,
Plissant tes fils d'argent de doux reflets d'azur ;

Burin que l'oiseau porte en son aile assouplie,
Qui puises ton éclat dans un liquide obscur,
Qui façonnes les mots en musique accomplie,
Dont le bec meurtrit mieux que le fer le plus dur ;

Toi qui nages dans l'or, toi qui rases la terre ;
Toi qui, vivant d'amour, de gloire ou de mystère,
Gémis en t'envolant, comme un baiser d'adieu ;

Pourquoi n'écris-tu pas, quand de nos mains tu tombes,
Sur la page d'airain qu'on ferme sur nos tombes,
Au lieu d'un nom glacé, ce mot sublime : — DIEU ! —

RÊVE

POEME

(Pièce présentée au concours et mentionnée)

> .....*Quid non mortalia pectora cogis*
> *Auri sacra fames?*
>
> VIRGILE.

....
....
....

Non ! — rien n'est beau que l'or — et l'or seul est aimable!...
— Et, fût-on, comme Achille, un être invulnérable,
Je dis que, dès qu'on voit briller ce *vil métal*,
Dont le son est plus doux que celui du cristal,
Les yeux, la voix, les mains, le cœur, l'âme... tout tremble!...
On palpite de crainte et d'espoir tout ensemble....
— C'est un trait qui, conduit par le doigt d'Apollon,
Part et siffle. .. et vous frappe, hélas!.... — même au talon.

Je veux, à ce propos, vous conter une histoire,

Qui jamais n'aurait dû sortir de l'écritoire,
Mais qui servira bien, je crois, telle qu'elle est,
A prouver mon système, en le rendant complet :
Ce n'est qu'un souvenir fort ordinaire, — un *songe*,
Enfant né du sommeil, et frère du mensonge.

Je me trouvais assis dans un vaste entonnoir,
Où mes yeux n'auraient pu rien distinguer ni voir,
Si, du fond de cet antre, une clarté douteuse,
Tremblotante et semblable au feu de la veilleuse,
N'eût jeté sur les murs quelques pâles rayons....
Devant moi, se creusant, s'allongeaient deux sillons
Pleins d'une fange rouge — ou plutôt deux ornières,
D'où parfois s'échappaient des lueurs singulières....
De loin, je crus entendre un bruit confus et sourd,
Comme celui que fait un corps creux, dur et lourd,
Qu'on roule.... A des sanglots succédaient des murmures,
Des cris, que paraissaient arracher les tortures....
Puis des éclats de rire et des gémissements....
Et, quand les cris cessaient, d'horribles craquements,
Pareils au bruit des os d'une invisible proie,
Qu'une roue, en tournant, rompt, brise, écrase et broie!...

Je tressaillis!... la peur me fit fermer les yeux....
Et, pour me dérober à l'horreur de ces lieux,
Je voulus fuir... mes pieds étaient cloués en terre....
Je luttai; mais en vain, contre l'affreux mystère...
J'étais devenu marbre, et n'avais de vivant
Que l'âme..... — Et tout à coup le souffle chaud du vent,
Qui glissait sur mon front, dilatant ma paupière,
Me força d'entr'ouvrir les yeux à la lumière....

J'étais — au même endroit, sans plus de liberté —
Plongé dans le silence et dans l'obscurité.....
Cependant, par degrés, au milieu des ténèbres,
M'apparurent d'abord des images funèbres.....
Je vis poindre et grandir, à l'angle le plus noir,
Un long fantôme blanc, coiffé d'un éteignoir.....
Ses yeux fermés rendaient son visage plus blême....
Il avait à la main une faux pour emblème.....
Et, lorsqu'il secoua, dans l'ombre, son linceul,
Avec un tel *esprit* je frémis d'être seul....
Comme autour d'un ormeau grimpe en festons le lierre,
Un serpent écaillé pendait en bandoulière,
Un serpent écaillé, dont le corps lumineux
Roulait, en se tordant, ses innombrables nœuds....
Je n'aperçus du monstre — alors plein d'épouvante —
Que la tête verdâtre et la gueule béante,
Car sur le front du spectre elle vint s'abaisser,
Et, de ses triples dards, parut le caresser.....
Sa queue en fils de fer, comme un câble tendue,
Se prolongeait au loin dans la sombre étendue.....

Je tressaillis !... la peur me fit fermer les yeux....
Et, pour me dérober à l'horreur de ces lieux,
Je voulus fuir... mes pieds étaient cloués en terre....
Je luttai, mais en vain, contre l'affreux mystère...
J'étais devenu marbre, et n'avais de vivant
Que l'âme..... — Et tout à coup le souffle froid du vent,
Qui, sous mes cils glacés, captivait ma paupière,
Me fit rouvrir les yeux et chercher la lumière....

La scène avait changé, — quoique la vision
Du spectre et du serpent et du double sillon,

Me poursuivant toujours de ses jeux fantastiques,
N'eût fait que déplacer ses images mystiques.....
Tout à l'extrémité d'un couloir ténébreux,
Où des gens attendaient, en chuchotant entre eux,
Je vis, dans un salon de forme assez étrange
Et semblable au bureau d'un riche agent de change,
Des hommes qui couraient ayant l'air de limiers,
Des sacs de toile en pile, et d'énormes sommiers
S'ouvrant et se fermant sans que personne y touche,
Des tables, des cartons, des registres à souche,
Des casiers, des tiroirs... — en un mot, l'attirail
Qui sert à garder l'or comme on garde un sérail !...
Près d'un grillage orné de taffetas vert-pomme,
S'agitaient vivement, au bout des bras d'un homme,
Deux mains, dont les doigts secs imitaient des ressorts...
Mais — d'homme — on n'en voyait ni l'ombre ni le corps...
— Las de rester ainsi muet comme une dalle,
J'avançai, désirant sortir de ce dédale,
Quand — un coup de sifflet soudain retentissant —
Vers mon cerveau troublé reflua tout mon sang...
Pêle mêle, à la fois, les causeurs s'ébranlèrent,
Le sol parut trembler, les objets vacillèrent...
Et, de loin, j'entendis un bruit confus et sourd,
Comme celui que fait un corps creux, dur et lourd
Qu'on traîne... — Un point brillant, qui jaillit dans l'espace,
En flammes du Bengale ondule... arrive... et passe...
La clarté s'agrandit... s'éteint... renaît encor,
Sous ses plis azurés roulant des ruisseaux d'or...
Son fluide, à la fin, prend de la consistance...
Le météore ardent, devenu plus intense,
Rayonne et réfléchit ses rougeoyants reflets,
Comme une forge en feu qu'allument des soufflets...
— Voilà qu'en ce chaos, tels qu'au frère d'Électre,
M'apparaissent encor le serpent et le spectre,
L'un sur l'autre enroulés... — hideux accouplement !...
Le fantôme avançait, hors d'haleine, écumant,

Sans qu'on pût deviner quel était son martyre,
Mais la tête en avant, comme un taureau qui tire...
On l'eut dit attelé, car de rage il tremblait,
A quelque lourd fardeau dont le poids l'accablait...
Sur ses reins se dressant, le flexible reptile,
Ainsi qu'un cavalier, le pique, le mutile...
— Et bientôt j'aperçus du globe étincelant
Le disque, à l'horizon, s'élargir en roulant...
Plus la *chose* approchait, moins je voyais de flamme,
— Et le froid de la mort me gagnait jusqu'à l'âme!...
Au bord des deux sillons la fange, en clapotant,
Rejaillissait — épaisse... Et le spectre pourtant,
Toujours aiguillonné, toujours courbant l'échine,
Hissait avec effort l'infernale machine...
Mêlés à des sanglots, à des gémissements,
Au loin retentissaient d'horribles craquements,
Pareils au bruit des os d'une invisible proie,
Qu'une roue, en tournant, rompt, brise, écrase et broie!...

Je tressaillis!... la peur me fit fermer les yeux...
Et, pour me dérober à l'horreur de ces lieux,
Je voulus fuir... mes pieds étaient cloués en terre...
Je luttai, mais en vain, contre l'affreux mystère...
J'étais devenu marbre, et n'avais de vivant
Que l'âme.. — Il fut plus fort que le souffle du vent
Le pouvoir inconnu qui, touchant ma paupière,
Rappela tout à coup mes yeux à la lumière!...

Faust et le diable, un jour, sans ballon ni bateau,
Mais fort commodément assis sur un manteau,
De traverser les airs eurent la fantaisie...
Le même cas m'advint, — non pas en poésie,

Ni pour semblable objet, mais en réalité,
Et j'étais moins à l'aise et plus mal escorté...
Du moins, je crus réel un si plaisant voyage,
Fait en rêve et la nuit — au milieu d'un nuage..
L'espace où je flottais me parut terne, étroit...
C'était un de ces lieux qu'on appelle un *endroit*...
Le sol, sec et luisant, était pavé de crânes,
Qu'on avait à plaisir ornés d'oreilles d'ânes. .
Fasciné par le charme, et moitié mort de peur,
Je n'aperçus d'abord, à travers la vapeur,
Les objets m'entourant — que voilés, vagues, sombres...
Il me sembla que tout devait être des ombres...
Je parvins cependant, sous cet air dense et pur,
A diriger enfin un coup d'œil assez sûr...
Alors je distinguai, nonobstant la distance,
Une masse homogène et noire en apparence...
Inerte comme un bloc, mais semblable à l'aimant,
On se sentait vers elle attiré doucement....
Telle, aux beaux jours d'été, l'eau, qui se vaporise,
Monte vers le soleil sur l'aile de la brise...
Ne pouvant résister au désir de mieux voir,
Je fais un pas... cédant au magique pouvoir
Qui me force à marcher, j'approche... je me baisse...
C'était... — Devinez quoi, sans trembler?... — Une *caisse*!....
Une caisse profonde, à serrure à secret,
Un coffre-fort en fer, — pour être plus discret
Sans doute, et mieux garder les fruits de sa vendange, —
De forme égale à ceux qu'ont les agents de change,
Chevillé, dur, épais, et moins large que long,
Hérissé de gros clous, pesant comme du plomb...
Pour tout dire en un mot, un de ces ustensiles
Qu'on ne voit que — de loin — dans quelques domiciles,
Forteresse où l'argent dort sous des murs cerclés,
A l'épreuve du feu, de l'eau, des fausses clés,
Et qui coûte si cher, que si, par convoitise,
D'en avoir un pareil nous faisions la sottise,

Quand nous l'aurions payé, — possesseurs imprudents,
Il ne nous resterait rien à mettre dedans!...
— A l'aspect imprévu de ce noir *monolithe*,
Malgré ce qu'il avait d'étrange et d'insolite,
En un lieu par la foudre et les vents habité, —
Mon front s'illumina d'un rayon de gaîté...
Ce coffre me parut la source de la vie!...
J'allais rire... — Un éclair, qui m'en ôta l'envie,
Colorant l'horizon de ses feux passagers,
Me découvrit bientôt à quels nouvéaux dangers
J'étais, dans cet olympe, exposé — sans défense...
Pour la troisième fois, face à face, en présence
Du spectre et du serpent, — de terreur je frémis,
Ignorant d'où pouvaient surgir mes ennemis!...
Tous deux, comme d'abord, ne formaient qu'une masse...
L'un avait l'air de rire en façon de grimace,
Toujours la faux en main, — tandis que l'animal
Ne me paraissait plus devoir faire aucun mal,
Attendu qu'il était à l'un des coins du coffre
Attaché par la queue... — A mes yeux surpris s'offre,
Dans un rayon de feu, comme au jeune Aladin,
Et tout aussi bizarre, un spectacle soudain...
Je vois s'épanouir, — et, de loin, je devine —
Au sommet de la caisse, une forme divine,
Un ange — une péri — tant elle avait d'attraits,
Et tant me parut doux l'éclat pur de ses traits!...
Les monstres, en faisant ma déesse adorable,
Rendaient le parallèle en tous points favorable
A cet être enchanteur — eût-il été moins beau ..
Mais, ce qui me frappa dans ce brillant flambeau
De grâce et de beauté, digne d'un conte arabe,
Ce fut sa taille! .. Et certe, on eut, sans astrolabe,
Aisément, à l'œil nu, mesuré sa hauteur...
Vingt pouces, tout au plus... — du pôle à l'équateur...
Vingt pouces!... mais aussi dans quelle riche sphère
Avait-on dû puiser la flamme pour le faire!...

Que de perfections, de charmes infinis   »
Dans un même et seul corps se trouvaient réunis...
Et, bien qu'il fût petit, étrange en sa structure,
Vénus avait sur lui dénoué sa ceinture...
— C'est le cas, ou jamais, pensai-je, rassuré,
De savoir où je suis... — et, d'un ton mesuré,
J'allais, mêlant la prose aux fleurs de rhétorique,
Demander, chapeau bas, quel sens allégorique,
Quel mythe, ou quel symbole, ou quel signe caché,
A ce que j'avais vu pouvait être attaché,
Lorsque, jetant sur moi des yeux pleins de malice,
La fée ouvrit la bouche, et dit : « — Pour le supplice
» De celui que, sur terre, on nomme *ambitieux*,
» Je descends quelquefois de la voûte des cieux..
» Regarde-moi!... — » Le temps de cligner les paupières,
La déesse eut changé... Deux ailes talonnières
A chacun de ses pieds flottaient, au gré du vent;
L'un d'eux était posé sur un orbe mouvant,
Tandis que l'autre, en l'air, sans point d'appui, mais libre,
Paraissait lui servir à garder l'équilibre...
Ses yeux étaient voilés par un léger bandeau;
Et ses bras, qui semblaient sous le double fardeau
S'arrondir — frais et blancs — avec plus d'élégance,
Soutenaient par les bords deux cornes d'abondance.
Entre les mains du spectre elle en mit une... Au son,
Je vis qu'elle était vide... — Et, quant à sa façon
D'entamer le sujet, pour parler sans figure,
Je n'osai pas d'abord en tirer bon augure... —
De son trépied mobile, et d'un air menaçant,
Le bras sur moi levé, la prêtresse descend...
Tout d'un coup, comme aux jours des oracles antiques,
Au milieu des éclairs, de bruits cabalistiques,
J'entendis par trois fois des mots retentissants,
Pareils à ceux qu'on dit dans les contes persans
Pour évoquer le diable ou faire ouvrir les portes...
Puis je vis s'agiter, comme des feuilles mortes,

Et les oreilles d'âne, et les crânes poudreux,
Par un charme inconnu, s'entrechoquer entre eux...
Dans les flancs de la caisse une porte secrète
Me découvrit bientôt une sombre retraite,
Petit camp retranché qui gardait un trésor,
L'or, l'argent, les billets, les billets, l'argent, l'or,
En rouleaux, en paquets, en sacs, en bloc, en piles,
Front de bataille honnête, offrant quinze ou vingt files
De profondeur, au moins... soldats si bien portants
Qu'ils pouvaient défier les plus fiers combattants...
— Aussitôt, comme un trait, le bras nu de la fée
S'abat, victorieux, sur ce nouveau trophée,
Et, jetant le désordre en ces rangs durs, épais,
Trouble de ce saint lieu le silence et la paix...
Quand sa main eût plongé jusqu'au fond de l'abîme,
Tout le coffre frémit — de la base à la cîme....
— O mortels! non, jamais vos plus tendres chansons
Ne pourraient égaler l'éclat brillant des sons
Que j'entendis alors... jamais gammes pareilles
N'ont de si doux soupirs caressé vos oreilles..
Je me souviens encore, avec ravissement,
Des airs exécutés par ce riche instrument,
Car le métal chantait... et, sous les doigts habiles
De la fée, on eût dit que les touches mobiles
D'un piano fantastique, enchantement des yeux,
Semaient l'argent et l'or en bruits mélodieux...
Parfois c'était un chant plein, caverneux, lent, grave,
Roulant de note en note et d'octave en octave...
Des sons entrecoupés, mais pétillants et clairs,
Étincelles de bruit, le sillonnaient d'éclairs...
Puis un confus murmure... et des trilles ailées
Mêlant leurs voix de cuivre aux voix sourdes, fêlées,
Des métaux agités tintant sur tous les tons,
Qui semblaient découper la musique en festons...

Je tressaillis!... jamais malade, en sa souffrance,
N'eut lieu de concevoir plus rapide espérance...
Jamais rêve doré, plein de fleurs et d'oiseaux,
N'enlaça mieux un cœur de ses triples réseaux...
J'ouvris les yeux... — Hélas! à mon regard avide
Tu t'offris — seule — alors, ma pauvre bourse vide...
Et partout, au réveil, l'affreuse vérité!..............
....

Et, pour mieux m'engloutir dans la réalité,
Le diable, tout exprès, m'amène une cohorte
De gens mal avisés, faisant rage à ma porte,
Qui mugissent en chœur : — De l'argent! de l'argent! —
Assis sur mon grabat, et, d'un ton négligent :
« Messieurs, leur répondis-je, à peine si j'achève. ..
» Vous arrivez à point pour expliquer mon rêve...
» Or, j'ai vu trois objets d'aspect assez divers,
» Lesquels, à mon avis, gouvernent l'univers,
» Que chacun de vous craint, vilipende et caresse!...
» — Un fantôme — un reptile — une aveugle déesse!... —
» Comprenez-vous?... allons!... je ne puis vous donner
» En paiement qu'une énigme... il faut la deviner...
» On ne vous fit jamais d'offre plus opportune............
....

» La déesse au bandeau, n'est-ce pas la Fortune?...
» L'Envie est le serpent qui siffle, enlace et mord...
» Et, brochant sur le tout, le spectre — c'est la Mort!... — »
....
....
....

A UN ENFANT

EPITRE

(Mention honorable)

Seigneur ! préservez-moi, préservez ceux que j'aime ,
Frères, parents, amis, et mes ennemis même
Dans le mal triomphants,
De jamais voir, Seigneur ! l'été sans fleurs vermeilles,
La cage sans oiseaux, la ruche sans abeilles,
La maison sans enfants !

VICTOR HUGO.

Sous la ramure
De l'oranger
Flotte un murmure
Doux et léger....
C'est l'hirondelle,
Que Dieu bénit,
Qui d'un coup d'aile
Berce son nid !.....

Loin, dans l'espace,
Le flot mouvant
Ondule, et passe,
Et chante au vent.....
C'est la nacelle
Qu'un gai patron
Guide, et ruisselle
Son aviron !...

Sous l'aubépine,
Que le zéphyr
Baise et lutine,
Naît un soupir....
C'est une abeille
Qui cherche, en pleurs,
Pour sa corbeille
Parfums et fleurs !....

— Certes, la lyre
A des accords,
Dans son délire,
Plus saints, plus forts....
Surtout quand l'âme,
Au jour d'adieu,
Céleste flamme,
Remonte à Dieu !....

Oui, l'harmonie,
Pour ses chansons,
Prête au génie
De plus doux sons,
Lorsqu'à l'ivresse
Mettant un frein,
L'amour caresse
Un luth d'airain !....

Et la prière
Mêle à l'encens
Voix plus légère,
Plus purs accents,
Quand l'espérance,
Rayon vainqueur,
Sans la souffrance,
Brille en son cœur !....

— Mais, sur la terre,
Le jour, la nuit,
Soupirs, mystère,
Transports, doux bruit...
Rien n'est si tendre
Que le baiser,
Ni que d'entendre
L'enfant jaser !....

L'enfant!... bel ange,
Qui rit, vermeil,
Front sans mélange,
Dans son sommeil....
Dont la voix fête,
Au jour, le ciel,
Et semble faite
De lait, de miel!....

Fleur de l'aurore,
Que le destin
A fait éclore,
Un frais matin....
Le vent qui glisse
Soupire autour
De son calice
Des mots d'amour!....

Lèvres de rose,
Où, plus pieux,
Tremble et se pose
Le chant des cieux!...
Telle, irisée,
Perlant ses eaux,
Pend la rosée
Aux verts roséaux....

Bouche riante
Qui vaut vraiment
La voix brillante
D'un instrument...,
Qu'un souffle anime
Dans sa beauté,
Souffle sublime....
La vérité !....

Non ! la Victoire
A beau crier,
L'Amour, la Gloire,
Chanter, prier....
Il n'est murmure
Plus triomphant
Que ta voix pure,
O mon enfant !......

L'ENFANT ET LE PAPILLON.

SONNET

Au pays embaumé de l'ambre et des gazelles,
Le frais papillon bleu, caché sous un jasmin,
Déployant tout à coup l'azur de ses deux ailes,
Invite à le poursuivre un enfant, en chemin.....

Le gai chasseur, dans l'herbe, aux vertes demoiselles]
Livre de grands combats, croyant mettre la main
Sur l'insecte, un instant réfugié chez elles....
Et tout s'est échappé, moire, émail et carmin !...

Tous deux, de tige en tige, ils vont par la campagne ;
La joyeuse espérance au loin les accompagne....
L'un court après les fleurs, l'autre après son désir !...

Mais, bientôt fatigué, l'œil en pleurs, hors d'haleine,
L'enfant voit son beau rêve envolé dans la plaine....
Et le regret succède à l'espoir du plaisir !...

LA FIANCÉE DU PILOTE

ou

LE RETOUR DU BRICK L'INTRÉPIDE

HYMNE A LA VIERGE

(Mention honorable)

Ave, maris stella !

I.

« O ma mère ! une voile,
» Comme une blanche étoile,
» Se lève à l'horizon...
» C'est lui !... — Sur l'eau limpide,
» A sa marche rapide,
» Je connais *l'Intrépide*,
» Sa flottante prison...

» C'est lui !... — Sous la bouline
» La vergue qui s'incline,
» Jette au vent trois couleurs... —
» Pavillon d'espérance,
» Aux armes de la France,
» Salut !... car la souffrance
» Avait tari mes pleurs...

» Vite ! allons sur les grèves...
» Et — si j'en crois mes rêves —
» Avant la fin du jour,
» Cette barque légère,
» Qui l'emporta naguère,
» Le ramène, ô ma mère !
» Dans notre heureux séjour... »

II.

Le lendemain, à l'heure
Où le vent chante et pleure
A travers les roseaux,
Les deux femmes, fidèles,
Aux brunes hirondelles
Demandaient si, près d'elles,
Le brick rasait les eaux...

Oui, deux longues journées,
Les fleurs s'étaient fanées
Sur le sein de l'enfant!....
Deux jours sa vieille mère,
Au bord de l'onde amère,
La suivit, en prière,
Dans ses bras l'échauffant!....

Mais les flots restaient vides!...
— Soudain leurs yeux avides
Ont cru voir un signal....
La fille, qui s'élance,
A sa mère, en silence,
Montre un mât qui balance,
Dans la brume, un fanal...

« Mère! pour qu'il arrive,
» A genoux sur la rive,
» Oh! priez avec moi!...
» Invoquons la Madone,
» Qui jamais n'abandonne
» Le pauvre qui lui donne
» Son cœur avec sa foi!....

» Viens donc, sainte Patrone!
» Qui portes la couronne
» De la reine des flots!...
» Commande à la tempête!...
» Que la foudre s'arrête...
» Qu'elle épargne la tête
» Des pauvres matelots!...

» O céleste boussole !
» Descends, guide et console
» Tes enfants éplorés !...
» Et que, sur la mer grise,
» Le souffle de la brise
» Caresse et favorise
» Les marins égarés !...

» Par ton divin mystère,
» Fais-leur toucher la terre,
» Qu'ils ont droit d'envier !...
» Sois pour eux, dans leur marche,
» L'oiseau du Patriarche,
» Qui rapporta dans l'Arche
» Le rameau d'olivier !...

» Au milieu des alarmes,
» Vierge ! tu vois nos larmes...
» Nous venons t'implorer !...
» A la foule qui crie,
» A l'opulent qui prie,
» Tu préfères, Marie !
» Ceux qui n'ont qu'à pleurer !... »

III.

Sous le feu des étoiles,
Larguant toutes ses voiles,
Un brick entrait au port...
L'ancre tombe... Un pilote
Saute au canot qui flotte,
Pousse à terre, et sanglotte,
Et rame avec transport...

Il aborde !... C'est elle ! ! !.....
« Sainte Vierge immortelle !
Cria-t-il, éperdu....
» Pour elle et pour la France,
» J'ai mis, dans la souffrance,
» En toi mon espérance...
» Et tu m'as tout rendu !... »

« A l'autel de Marie
» Je veux qu'on les marie !
Dit la mère en émoi ;
» Car jamais la Madone
» Ne laisse et n'abandonne
» Le pauvre qui lui donne
» Son cœur avec sa foi !... »

AVIS

SONNET

La rougeur monte au front de l'homme juste et probe
De voir tant de marchands, entassés au parquet,
Porter, romains bâtards, dans les plis de leur robe,
La vie ou le trépas, vendus par leur caquet!...

C'est en Grève, au grand jour, que, sénat hydrophobe,
S'assemblent ces corbeaux à becs de perroquet;
L'échafaud sert de table, et le tronc qu'on dérobe
A la hache, préside au dessert du banquet!....

— Quand le Christ, attaché sur un gibet ignoble,
Racheta, par sa mort, grand, petit, pauvre, noble,
Que son sang pour le monde au Calvaire coula,

Dit-il à ses bourreaux, en marquant les victimes,
Pardonnant aux vertus et condamnant les crimes :
— Je meurs pour celui-ci, mais non pour celui-là? —

1839.

L'ÉTOILE ERRANTE

ELEGIE

(Pièce qui a obtenu une fleur réservée)

Doux reflet d'un globe de flamme,
Charmant rayon, que me veux-tu?
DE LAMARTINE.

Blanche sylphide
Au front d'argent,
Sur l'eau limpide
Mon œil avide
Cherche ton guide
A son courant...
Le zéphyr glisse,
Sous son caprice
L'onde se plisse...
Adieu l'espoir!
Ton inconstance
De l'espérance
Qui nous balance
Est le miroir!

Ton front s'allume
Peut-être aux cieux...
Mais l'azur fume
De flots d'écume,
Et dans la brume
Tout fuit aux yeux...
As-tu des ailes?...
Sous mes prunelles
Tes étincelles
Montent en feu!...
Étoile errante,
Es-tu l'attente
Qui prie et chante,
Espérant Dieu?...

Vierge exilée
D'un ciel plus beau,
Dans la vallée
Viens-tu, voilée,
Chercher l'allée
D'un noir tombeau?
Ton auréole
Brille et s'envole...
Triste symbole
De nos beaux jours!...
Vivante ou morte,
Toi, que t'importe,
Le vent t'emporte...
Tu luis toujours!

Flamme éphémère,
Vois-tu les cœurs?...
Es-tu la mère
De la prière,
Ou, sur la terre,
L'ange des pleurs?...
Es-tu la lyre
Qu'un saint délire,
Quand il soupire,
Offre à l'autel?...
Hélas! tu changes!...
L'hymne des anges
Est, sans mélanges,
Seul immortel!...

LE CAILLOU

Lavé par la mer africaine,
Caillou brillant, aux bords d'Alger
Qui t'amena? Smith ou Duquesne?
Viens-tu du Caire ou de Tanger?...

Qui t'a jeté sur cette rive?...
Hélas! je t'interroge en vain...
Le flot qui t'apporta dérive...
Tu vas dormir dans un ravin!...

Qui me dira ta destinée,
Pierre roulée au sein des eaux?...
Ta robe, en filets bruns veinée,
Se peint-elle au jus des roseaux?...

De ton sort quel fut le partage,
Temple, palais, froid monument?...
Fus-tu de Rome ou de Carthage?...
Es-tu silex ou diamant?...

ROSE ET CYPRÈS

(imité de l'arabe)

L'oubli est le véritable linceul des morts.
G. SAND.

I.

— Rose embaumée, à ton calice,
Où, pour rêver, Zéphyr se glisse,
Qui donna ces fraîches couleurs?...
Pourquoi portes-tu la couronne
Qu'un parfum si doux environne?..
D'où vient ton nom, reine des fleurs?

— Je n'en sais rien, m'a dit la Rose....
Aurore, à son réveil, m'arrose
Des pleurs que répand son amour....
Du papillon je suis chérie....
Un sein de femme est ma patrie....
Hélas! et je ne vis qu'un jour!

62

II.

— Vert Cyprès au feuillage sombre,
Pourquoi couvres-tu sous ton ombre
Tant de gloire et tant de lambeaux?
Que fais-tu, triste et solitaire,
Au milieu des cris de la terre,
Toujours debout sur les tombeaux?....

— Je n'en suis rien... Mais, quand vient l'heure,
On me dit : *Arbre, veille et pleure !*...
Je suis l'emblême du remords....
Moi je porte, haine ou folie,
Qu'on se souvienne ou qu'on oublie,
Sans me lasser, le deuil des morts !...

UN SAUVAGE A UN EUROPÉEN

POEME

(Pièce présentée au concours)

Votre prétendue civilisation n'est
souvent qu'une barbarie raffinée.

. . . .

I.

Sous la Case.

Européen à la peau blanche,
Pourquoi me vanter ton soleil?.....
Quand il luit sur mon toit de branche,
L'horizon est-il moins vermeil?...

Dans ton pays, à toi, les cases sont superbes;
Mais le palais du maître est toujours le premier.....
Nos cases, sans éclat, parmi les hautes herbes,
N'ont d'autre roi que le palmier!.....

Déjà des Blancs cruels, au dernier mois des roses,
Nous ont, avec les fers, apporté la douleur!....
De leur haine pour nous je cherche en vain les causes....
    Est-ce un crime que la *couleur?*

Pour venir de si loin, à la rive étrangère
Qu'espérais-tu trouver... Et, sur un autre bord,
Comment pouvais-tu — seule — abandonner ta mère?...
    Pour nous, l'abandon c'est la mort!...

Européen à la peau blanche,
Pourquoi me vanter ton soleil?...
Quand il luit sur mon toit de branche,
L'horizon est-il moins vermeil?....

II.

Dans la Forêt.

Européen, pourquoi prétendre
Avoir des accords accomplis?...
Connais-tu de chanson plus tendre
Que la chanson des bengalis?....

Tu m'as dit que, chez vous, le temps marquait les âges,
Que chacun de ses pas vous coûtait bien des pleurs...
Oh ! j'aime mieux le temps qu'adorent les sauvages !....
   Nous comptons nos ans par les fleurs !....

Tu m'as fait voir l'éclat de vos cérémonies....
Crois-tu qu'à servir Dieu nous soyons les derniers ?....
Nous avons aussi, nous, des chants, des litanies ...
   « — Soleil ! mûris nos bananiers ! — »

Ce que ta main avide enlève à notre terre,
Je le méprise, moi !.... Remporte tes présents.
Je ne veux que mon arc et ma hache de pierre....
   Le fer et l'or sont trop pesants !....

   Européen, pourquoi prétendre
   Avoir des accords accomplis ?...
   Connais-tu de chanson plus tendre
   Que la chanson des bengalis ?...

III.

Au bord du Rivage.

   Européen, laisse ma fille
   Te donner le baiser d'adieu...
   Sa bouche est une sapotille
   Qui parfume le nom de Dieu !....

Tu m'as dit que les tiens recevaient leur image
Sur le verre, imbibé d'un fluide métal....
Notre miroir, c'est l'eau; le cadre est le rivage!....
    Avez-vous d'aussi pur cristal?....

Un palais somptueux sur vos cendres s'élève;
Vous l'ornez de festons de toutes les couleurs....
Mon père, à moi, mon père!... il dort sur cette grève...
    Un peu de sable... et puis des fleurs!....

Je sais que vos amours sont des amours étranges;
Des larmes, des regrets, puis vient le désespoir!....
Nos femmes ont des pleurs... mais, dans ces pleurs, les anges
    Descendent du ciel pour se voir!...

    Européen, laisse ma fille
    Te donner le baiser d'adieu...
    Sa bouche est une sapotille
    Qui parfume le nom de Dieu!...

PENSÉES DÉTACHÉES D'UN LIVRE SANS TITRE

IMITATION DE L'ARABE

Le jour luit, pur et doux... Ranime ton courage!....
Dieu, dont le cœur est tendre et dont la main bénit,
Ordonne aux aquilons, qui grondent dans l'orage,
D'épargner, sous les fleurs, la colombe et son nid.

Femme, lorsqu'à genoux dans la divine enceinte,
Tu chantes, l'œil au ciel, les hymnes de la foi,
Ta fragile beauté devient sublime et sainte,
Et ton ange gardien te dit : — Priez pour moi! —

Mon Dieu! quand elle prie, exaucez sa prière;
Car son âme est un temple, et, dans ce pur séjour,
Brillent d'un même éclat, au fond du sanctuaire,
Deux belles urnes d'or : l'espérance et l'amour!

Dès qu'il te voit passer, le pauvre au front morose
Sourit et dit tout bas, levant sur toi les yeux :
— Oh ! béni soit ton nom, doux visage de rose !...
L'aumône est un chemin qui conduit dans les cieux. —

Si l'amour me faisait monter au rang suprême,
Je mettrais à tes pieds ma couronne et mes vœux ;
Mais je préfère encore au plus beau diadème
La guirlande en bluets qui soutient tes cheveux.

Quand le son de ta voix caresse mon oreille,
Il me paraît plus doux que le vent frais des eaux,
Plus doux que le zéphyr qui dans les fleurs s'éveille,
Et plus doux que la brise à l'aile des oiseaux.

Je donnerais mon luth, mon âme, le ciel même,
Les jours que j'ai peut-être à vivre — de douleurs,
Pour que ce mot charmant, ce tendre aveu : — Je t'aime ! —
Tombe avec un baiser de tes lèvres de fleurs !...

Lorsque tes blanches mains, sur un tissu de gaze,
Font éclore, à l'aiguille, un bouquet sans couleurs,
Je crois voir, voltigeant sur l'albâtre d'un vase,
Deux colombes d'amour qui becquètent des fleurs.

Oui, le cœur et l'amour se font tous deux l'aumône,
L'un ou l'autre est tantôt vaincu, tantôt vainqueur;
Car, sans le cœur, l'amour n'aurait pas eu de trône;
Mais sans l'amour à quoi servirait donc le cœur?

Ton corsage est un nid : deux colombes fidèles
Palpitent en prison dans cet étroit séjour;
Pourquoi les empêcher, en captivant leurs ailes,
D'offrir leurs becs de rose aux baisers de l'Amour?

Je compare souvent ta taille à la corbeille
Pleine de douces fleurs qu'arrosèrent tes mains,
Et je dis, tout pensif : — Oh! que ne suis-je abeille,
Pour butiner ces lis, ces roses, ces jasmins!... —

Sur mes lèvres ton nom fait naître le sourire;
Quand je l'ai prononcé, j'en rêve tout un jour....
Il est si doux ton nom, qu'il faudrait, pour l'écrire,
Arracher une plume aux ailes de l'Amour.

L'attrait de ton visage au fond du cœur me touche,
Ton sourire enivrant suffit pour m'embraser....
Mais, si j'osais choisir, je dirais à ta bouche :
— Amour, ouvre pour moi la porte du baiser! —

Viens, belle voyageuse, à bord de ma gondole ;
Nous chanterons en chœur ce doux refrain : *Toujours !*
L'étoile du berger sera notre boussole,
Et nous débarquerons à l'île des Amours.

Voici venir bientôt la plus douce des heures,
Le soir... manteau d'azur que plisse un vent léger. .
Dors, toi qui vis heureux ; espère, toi qui pleures...
Moi je veille, en cherchant l'étoile du berger...

Oh ! si j'étais la fleur que ta douce main cueille
Et qui voit, sur ton sein, naître et mourir le jour,
Je voudrais voir tes yeux verser sur chaque feuille,
Comme une perle humide, une larme d'amour !...

Jeunes filles, pleurez !... Ne soyez pas timides,
Ne cachez pas vos yeux.... L'Aurore, à son réveil,
Suspend au front des fleurs mille perles humides,
Qui brillent en tremblant sous les feux du soleil....

Sur ces feuilles de rose un frais papillon brille :
Laisse-le s'envoler, ne le fais pas mourir !...
Amour t'en punirait... Souviens-toi, jeune fille,
Qu'il est amant de Flore et frère de Zéphyr.

Tes pieds sont plus légers que les pieds des gazelles ;
Tu m'échappes, hélas ! sans espoir de retour...
Je le vois, pour te prendre, il faut avoir des ailes,
Et pour fixer ton cœur il faut l'arc de l'Amour.

Bonsoir, ange adoré !... Que ta nuit soit sereine,
Que les rêves pour toi descendent purs du ciel ;
Qu'ils te posent au front la couronne de reine,
Et l'espérance au cœur comme un rayon de miel !....

www.ingramcontent.com/pod-product-compliance
Ingram Content Group UK Ltd.
Pitfield, Milton Keynes, MK11 3LW, UK
UKHW021215230726
13926UKWH00003B/1035